Vito, el cerdito

Jaume Copons
Pedro Rodríguez

COMBEL

ESTA ES LA HISTORIA DE VITO, MI CERDITO.
ME LO REGALARON MIS TÍOS EL DÍA EN QUE NACÍ
Y DESDE ENTONCES FUIMOS AMIGOS.

MIS TÍOS, VITO Y YO.

EL DÍA QUE VITO Y YO
SALIMOS DEL HOSPITAL.

VITO Y YO DURMIENDO
COMO MARMOTAS.

VITO Y YO ÉRAMOS INSEPARABLES.
¡SIEMPRE LO HACÍAMOS TODO JUNTOS!

VITO, YO Y NUESTRA
PRIMERA TORTILLA.

VITO, YO Y NUESTRO
PRIMER EDIFICIO.

VITO ERA COMO DE LA FAMILIA.
Y UN DÍA, QUE TUVO UN ACCIDENTE,
LA ABUELA ROSA TUVO QUE COSERLE UNA OREJA.

CON MIS PADRES Y MIS TÍOS
DE EXCURSIÓN.

LA ABUELA ROSA
COSIENDO LA OREJA A VITO.

VITO IBA CONMIGO A TODAS PARTES.
ÍBAMOS JUNTOS A LA ESCUELA, AL PARQUE
Y A LAS FIESTAS DE CUMPLEAÑOS DE MIS COMPAÑEROS.

MI PRIMER DÍA
DE COLEGIO.

VITO Y YO
EN EL PARQUE.

VITO Y YO EN LA FIESTA
DE JULIA.

PERO UN DÍA CRECÍ
Y MIS PADRES DECIDIERON
CAMBIAR MI HABITACIÓN.
Y ME DIJERON QUE HABÍA QUE HACER ALGO
CON MIS JUGUETES DE NIÑO PEQUEÑO.

¡ELEGÍ MUEBLES!

¡ELEGÍ COLORES!

¡Y ELEGÍ JUGUETES!

REGALÉ TODOS MIS JUGUETES DE NIÑO PEQUEÑO,
PERO AUNQUE MIS PADRES ME DIJERON
QUE LA GENTE SE REIRÍA DE MÍ, VITO SE QUEDÓ CONMIGO.

¡LOS JUGUETES
QUE REGALÉ!

¡LOS JUGUETES
QUE NO REGALÉ!

UN DÍA MIS TÍOS VINIERON A BUSCARME AL COLEGIO.
YO PENSÉ QUE SE REIRÍAN DE MÍ PORQUE IBA CON VITO.
PERO NO, NO SE RIERON.
ME LLEVARON A MERENDAR
Y NOS LO PASAMOS MUY BIEN.

¡UNA GRAN MERIENDA!

MI TÍA
CON UNA INMENSA BARRIGA.

UNA MAÑANA, POR CASUALIDAD, OÍ QUE MI TÍA
LE DECÍA A MAMÁ QUE MI PRIMO ESTABA
A PUNTO DE NACER. MAMÁ ESTABA MUY CONTENTA,
PERO DIJO QUE ESTABA PREOCUPADA PORQUE YO
YA ERA MAYOR PARA IR CON VITO A TODAS PARTES.

MIS PADRES
PREOCUPADOS.

MI TÍA SIEMPRE RÍE.

ESCUCHANDO A MAMÁ
Y A MI TÍA POR CASUALIDAD.

LA VERDAD ES QUE MAMÁ NO ERA LA ÚNICA
A LA QUE LE PARECÍA QUE YO ERA DEMASIADO MAYOR
PARA IR SIEMPRE CON VITO. CADA DOS POR TRES
ALGUIEN ME LO DECÍA. Y YO, NO HACÍA CASO.

TODOS LOS QUE ALGUNA VEZ ME DIJERON
«YA ERES GRANDE PARA IR CON UN MUÑECO A TODAS PARTES».

MI MAESTRA

MAMÁ

PAPÁ

EL ABUELO JUAN

LA ABUELA ROSA

LA PANADERA

MI VECINO

EL PERRO DE MI VECINO

EL HIJO DE MI VECINO

EL DÍA EN QUE NACIÓ MI PRIMO, MIS PADRES Y YO
CORRIMOS A VERLE AL HOSPITAL.
Y CUANDO VI QUE MI PRIMO ERA TAN PEQUEÑO,
ME DI CUENTA DE QUE ÉL NECESITABA
A VITO MÁS QUE YO. Y NO SÉ QUÉ ME PASÓ POR LA CABEZA,
¡QUE SE LO REGALÉ!

CUANDO MI PRIMO
CONOCIÓ A VITO.

MI TÍA, MI PRIMO,
VITO Y YO.

MI PRIMO
DURMIENDO CON VITO.

LA VERDAD ES QUE LOS PRIMEROS DÍAS SIN VITO
FUERON UN POCO TRISTES, PERO CUANDO VI QUE MI PRIMO
Y ÉL SE HABÍAN HECHO BUENOS AMIGOS,
LA TRISTEZA DESAPARECIÓ PARA SIEMPRE.

LA FAMILIA.

MI PRIMO, VITO Y YO.

© 2017, Jaume Copons por el texto
© 2017, Pedro Rodríguez por las ilustraciones
Coordinación de la colección: Noemí Mercadé
Diseño gráfico: Bassa & Trias
© 2017, Combel Editorial, SA
Casp, 79 – 08013 Barcelona
Tel.: 902 107 007
combeleditorial.com

Primera edición: febrero de 2017
ISBN: 978-84-9101-230-6
Depósito legal: B-488-2017
Printed in Spain
Impreso en Índice, SL
Fluvià, 81-87 – 08019 Barcelona

Títulos de la colección